시인선 0032

# 치자꽃 심장을 그대에게 주었네

시작 시인선 0032
## 치자꽃 심장을 그대에게 주었네

찍은날  |  2003년 10월 25일
펴낸날  |  2003년 10월 30일

지은이  |  유수연
펴낸이  |  김태석
펴낸곳  |  천년의시작
등록번호  |  제10-2385호
등록일자  |  2002년 5월 16일

주소  |  서울 종로구 도렴동 115번지 삼육빌딩 310호(우 110-051)
전화  |  02-723-8668
팩스  |  02-723-8630
홈페이지  |  www.poempoem.com
전자우편  |  webmaster@poempoem.com

ⓒ유수연, 2003. printed in Seoul, Korea
ISBN 89-90235-31-6

값 6,000원

• 이 시집은 2003년 문예진흥원 창작지원금을 받았습니다.

• 잘못된 책은 바꾸어드립니다.
• 지은이와 협의에 의해 인지는 생략합니다.

시인선 0032

# 치자꽃 심장을 그대에게 주었네

### 유수연 시집

2003

自 序

내 몸은 선율 위로 혹은 배경으로 혹은 선율에 섞여 떠다닌
다. 춤을 추는 몸이 음악을 입고 말을 하고 숨쉴 구멍조차
없이 밀착된 몸/음악을 언어라는 유리항아리에 담아서 음
표들로 두드린다. 몸/언어/음악이 춤추다 유리 파편처럼 튀
는 것, 그 경계에서 유리파편이 꽂힌 몸처럼 중얼거리는 일,
그것이 내 언어이다.

# III 파가니니의 연못

# Ⅳ 깊은 밤 이팝나무 숲은 등을 켜 든다

# I

## 꿈속에 능소화가

# 꿈속에 능소화가
―대상 리비도에 대해서


나는 능소화로 나뭇가지를 감아 오르고 있었지 나는
내가 그 나무에 핀 꽃인 줄 알았어 나는 그의 눈으로 세
상을 보고 나무의 우듬지까지 한 몸인 듯 감고 올라가 피
어 있었지


나무의 눈은 먼 곳의 산과 하늘의 구름을 읽을 줄 알아
언제 비가 올지 말해주곤 했네 그의 목소리는 보이지 않
는 음색으로 가득했네 비가 오면 땅속에서조차 내 뿌리
로 그를 감고 있었는데 왠지 그 길의 來歷을 나는 알 수
없었네 어디선가 날아온 길모퉁이 각진 돌멩이, 명치께
에 피가 고였네


(나무 위에 붉게 피어 있는 것은 내가 아닐지도 몰라
아래 뿌리를 내려다보고 저 이제 그만 가야 할까봐요 말
한 것 같기도 하고 눈물이 나요 말했던 것 같기도 한데
난 네 몸 아니야 나무의 보이지 않는 음색, 生과 주검 그
간격만큼 나를 밀어내고)


저녁의 능소화 낯빛 붉게 흔들리고 있었지 그때

# 알츠하이머

나는 자꾸 반복한다 우체부가 다녀갔네 우체부가 다녀
갔네 언어를 배달하려고 우체부가 다녀갔네 빌붙듯 언
어에 빌붙듯 자꾸 되씹으며 반복한다

그 해 여름, 그와의 마지막 긴 여행이었다 내가 물고기
로 변해도 절름발이 새가 되어도 어둠에 흐린 별로 가 박
혀도 중력처럼 끌어당겨 주리라 했다 물빛은 그 생각들
을 표면에서 반사해 되돌려보내고 깨진 크리스탈 잔의
잔상 물 속에 떠다녔다 하나씩 언어들을 반사해 물 밖의
나뭇잎들을 타겟 삼아 방아쇠를 당겼다 초록 나뭇잎 등
뒤에 말의 총알들이 유리빛으로 박혔다 빈혈처럼 어른
거렸다 그 해, 마지막 여름이 다녀가고 있었다

나는 자꾸 빌붙듯 반복한다 우체부가 다녀갔네 우체부
가 다녀갔네 우체부가 무슨 뜻이지? 우체부…? 깨진 크리
스탈 언어들 보이지 않는다

# 치자꽃 심장을 그대에게 주었네

치자꽃 두 송이를 그대에게 주었네* 폭우에도 피어오르는 하얀 심장이지요 음악 속 깊숙한 심장이 움직이네 노래를 입은 몸짓이 新房의 치자향기처럼 음과 음 사이를 촘촘히 메꾸어 버려요 신방에 치자꽃잎들, 여섯 개의 꽃잎을 뜯어 후우 불면 하얀 입술처럼 달싹달싹 방안을 날아다니는데요 춤을 추는 몸이 음악을 입고 말을 해요 탱고 혹은 살사, 리듬을 타고 치명적인 유혹이 흔들리는데요 두 몸은 입술처럼 열렸다 닫히곤 하는데요 타악기 속에서 심장이 날뛰는데요

치자꽃 두 송이를 그대에게 주었네 심장이 되려고, 치자꽃 향기로 가득 메워진 음표 위에 얼키고 설킨 고통이 되려고, 시간이 신방의 어둔 모서리 틈으로 빠져나가지 못하게, 숨쉴 구멍조차 없이 밀착된 몸/음악을 언어라는 유리항아리에 담아요 치자꽃 두 송이를 그대에게 주었네 유리항아리 속 치자꽃빛 심장이 언어라는 타악기를 두드리는데요 몸/언어의 춤이 유리 파편처럼 튀는데요 한여름 폭우 속인데요

* 영화 〈부에나비스타 소셜클럽〉에서 솔로 이브라힘 퍼렐이 부르는 노래 가사

# 고양이 발톱을 자르다

어린 고양이 발톱을 자르다
분홍 초승달이 작은 발톱 안에 떠 있다

이리 와 어제는 한나절 나와 늘어지게 잠을 잤잖아 같은 시간, 같은 장소, 한 이불 속에 잠들기가 어디 그리 쉬운 일이니 그 나긋한 찰나를 살짝 지난 몇 초 사이 너는 벌써 등에 털을 세우는구나 네 슈폰 크림 같은 발바닥으로 사뿐히 오렴 이리와 네 등을 쓰다듬어 줄께 도파민이 첨가된 통조림도 준비했단다 체온이 섞이던 가물가물 그 혼몽의 시간을 잊었니 순간의 느낌만 기억하는 네 경계의 눈동자가 흰자위만큼 까맣게 커지는, 어리둥절 버둥거리는,

아! 분홍 초승달 한 귀퉁이 잘려 나가다 날선 밤,
맨발처럼 드러나는 달빛, 꿈의
한 끝에서 비명 같은 빛이 흘러내리다

# 몸에 글을 쓰다

아버지는 매일 엄마의 몸에 주문을 건 문장들을 빼곡
이 써넣는다 지워지지 않는다 엄마 몸을 만질 때마다 아
버지가 묻어 나온다

몸에 묻은 문장들을 맨들맨들한 돌멩이로 문지른다 살
갗이 떨어져 나간다 연초록물에 진홍 진달래 떠내려간
다 아버지 오른손이 분홍색으로 물든다 썩지 않는 시간
들 번진다 엄마 몸에 문장들 오래 지워지지 않았으나

내 몸에 묻은 문신들이 짙어지고 산수유꽃, 구름패랭
이꽃, 개나리꽃, 진달래꽃들 시끄러운 봄날이 여러 번 흔
들리며 지나가고 노을 붉은 하늘에 쑥 손 디밀면 오른팔
이 길어지고 연초록물이 든 강물에 발 담그면 발목이 쑤
욱 길어지고 난달래 지천인 봄날이 자꾸 흔들리며 지나
가고

길어진 문장을 애인의 몸에 쓴다 애인의 오른손이 붉
게 물든다 진홍 진달래 지천인 봄날이 여러 번 흔들리며
지나가고 애인이 여럿 바뀌고 애인들 몸 여기저기 붉은
문장들, 길어진 팔다리만큼씩 떼어낸 문장들, 애인의 몸

에 시끄러운 봄날 난달래만큼 빼곡하나……

# 노랑나비 날아간다

사람의 그림자는 없는 오후
양지 바른 봄볕에 나앉아
애완용 개의 흰 머리털을 빗기고 있는 여자
빗겨 놓으면 머리를 털어 버리며 짖는 말티즈
한동안의 실랑이 끝에 머리에 노란 리본이 달렸다
그에게 달아 줄 수 없었던 노랑나비 날아간다

둘 사이에 개울물 같은 교감이
찰박거리는 봄
햇살 속에
시간의 흐름이 멈춘 듯
아른아른 봄기운이 자꾸 머리를 턴다
나른한 착시의 봄날, 노랑나비 날아간다

# 중얼거리려고*

　아무 말 마 기다렸어 건반 속의 음들이 노오란 꽃가루
를 묻혀서 이리저리 오래도록 옮겨 다녔어 나비처럼 꽃
술을 건너 다녔는데 그러는 동안 오랜 시간이 건반 밖으
로 끌려나갔는데 봄볕에 꽃들이 건반 끝에서 피아니시
시모의 음들을 탈탈 털고 있었는데
　상처는 봄볕 같은 가는 소리로 오네 유리나비 날개 같
은 음들이 팔랑팔랑 찢어지네

　널 위해 낡아 가는 시간을 희생했으니 네 방에 머물 거
야 목에 매달리는 칼칼한 목소리 음 하나가 기쁨을 고통
으로 바꾸듯 봄볕이 건반 위에 손가락을 놀리네 통증을
가지고 노네 건반 밑으로 가라앉는 검은 그늘, 오래 널
기다렸어 가려거든 아무 열쇠도 남기지 말아 현을 끊어
버려 마구 뒤엉키게 뒹굴게 건반 밖으로 끌려나가게 봄
햇살을 뽑아 아무데나 마구 찔러 보게

*김종삼의 「漁夫」중에서

20

# 숨겨진 성서

내 어둠의 뒤뜰에
도둑고양이
푸드득, 비둘기 한 입 가득 물고 지나가네
어둠 속에서 노란 눈빛만 내지르는,
기억의 칩 속을 후다닥 뒤지는 저 눈빛
그 빛에서 날아온 탄환이
수백 세기를 회전하며 박히네

그 눈빛 같은 달이 뜨고
그 달 속에 달이 뜨고 달 속에 달이 뜨고 달 속에 달
이…
수세기를 차오르던 노랗고 거친 만월들

뒤뜰에 숨겨진 성서 같은 복숭아나무 한 그루 심었어
요
달빛을 먹고 자란 복숭아꽃들이 중얼중얼 빈 입 벌리
면
복숭아는 어둠을 한 입씩 물고
물이 실하게 오른 입술처럼 도톰해지곤 했는데
달이 차오르면 달 속의 달 속의 달 속의 손들은

어머니의 쪼글쪼글한 자궁이 들어 있는
복숭아 한 개씩 따먹고 어머니를 달래지요

도둑고양이가 내지르는 노란 눈빛 같은 달,
복숭아나무 빈 입들 위에 뜨네
그 빛의 탄흔에 너덜너덜해진 어둠이
괜찮아 괜찮아 내 뒤뜰을 기억하네

# 새를 위한 악보[*]

    金絲燕을 본 것은 그러니까 바닷가였어 깃털 같은 목숨이 아롱아롱 매달린 절벽 끝 갈색 금빛 깃털을 낙조의 햇살이 끌어안고 있었지 해조류와 물고기를 날라 침으로 뭉쳐서 벼랑 끝, 바위틈에 집을 짓고 있는 중이었네 벼랑 끝 바위틈의 어둠을 금빛 햇살 같은 음표로 오래 밀어내고 있었는데 몇 미크로미리미터인지 모르는 바이올린 선율 같은 틈을 비집고 산목숨 밀어 넣고 있었던 건데 그 틈 속에서 눌린 어둠이 우주의 어디쯤으로 빨려 들어가며 내지르는 바닷바람 소리 우우우 불온한 높은 '시' 음으로 저무는 것들의 신음소리처럼 떨고 있었던 건데 얇아질 대로 얇아진 심장을 침 돌돌 뭉쳐 죽을힘으로 밀어 넣고 있었던 건데 그러니까 낙조의 금빛 붉은 바닷가였어 누구의 집도 되지 못하고 나는 벼랑 끝에 그렇게 떨며 서 있었던 건데

*이청준 소설 제목

# 들불 지르는 새
─『山海經』의 章莪山에 사는 새, 畢方

생김새는 학과 같고 발은 하나이며 푸른 바탕에 붉은
무늬 깃털의 새가 산다지 산해경 장아산에 가면 부리가
흰, 필방이라는 이름의 그 새가 제 이름을 부르며 운다지
그래, 푸른 瑤碧을 타고 날아다니며 제 속에 들끓는 덩어
리로 핏빛꽃술 같은 불을 붙인다지 저녁 뉘엇뉘엇 지는
해가 제 속의 불인가 말릴 틈 없이 달려든다지 그러다 고
을 사람 눈에 띄면 들불을 냅다 지르고 도망간다는군 들
불이 그들을 다 태워버릴지도 모르지만 어쩌겠나, 푸른
요벽을 타고 날아다니다 제 속을 불꽃꽃술로 불지르는
일이 천형처럼 앞에 놓여 있는 걸 제 이름을 부를 줄 모
르는 사람들 눈에 띄면 여지없이 그들 눈에 들불을 내지
르고 꿈 속 같은 요벽 뒤로 숨어버린다지 산해경 장아산,
내 속 깊숙이

# 봄날은 간다



어두운 유리를 통해* 빛 같은 것이 뚫어 놓은 통로, 두
세계를 보이지 않게 내통하는 구멍엔 어쩌다 봄꽃이 지
기도 하고 어찌어찌 연분홍 봄꽃이 피기도 하지 스치는
인연의 발목을 틀어쥔 한 여름 炎天의 능소화,를 타고 오
르던 벌건 꽃대궁 같은 순간들은 무엇이었나 생각할 틈
이 없네 해는 빨리 떴다 지고 째깍째깍 봄날은 가네

두 세계를 오가는 건 더이상 참을 수 없어 정신을 까무
룩 놓아 버리는 그의 동공, 어두운 유리가 뿜어내는 어두
운 빛 같은 구멍에 잠깐, 그와 내가 유예시킨 시간들이
바람처럼 남으로 불다가 북으로 돌이키네 돌이켜오는
바람은 좁아진 정신만큼 거칠어지지 發光하네 그 구멍
에선 어떤 일이든 일어날 수 있네 담뱃불로 지진 흠집처
럼 무슨 일이든 일어났으면 좋겠어 통증은 없는 듯 연분
홍 치마빛 봄꽃이 바람에 흔들리네

이리 돌며 저리 돌아가는 경계의 통로, 어디쯤에 나
는 서 있는 걸까 묻지 않네 어두운 유리를 통해 들여다
볼 뿐, 유화처럼 으깨어진 연분홍 치마빛 봄날은 이리
저리 돌며 미친 회오리처럼 어둔 구멍을 통과하지 못

하고……








*베르히만의 영화 제목

# 뒤뜰, 그 배경음악으로
―영화 이야기

브르흐의 바이올린 협주곡 d단조 같은 배경음악으로
살고 싶었네 나는 독침 끝에서 핏속으로 퍼지는 음들을
견디고 있었네 그 끝에서 뛰어내릴 때의 나른한 환청,

지나가는 영상들이 뛰어내린 한 생애를 싣고 가고 있
었지 빨리 또는 느리게 스쳐가는 표정들을 구경하곤 했
네 나는 배경음악으로 살고 싶었네

처음부터 그랬던 것은 아니었어 하루는 영상 속의 주
인공이 내 곁을 미끄러지듯 지나가는 것을 잡으려다 어
둠의 뒤뜰에 곤두박힌 적도 있었지 그 때의 필름은 어두
운 뒤뜰, 부러진 그늘처럼 잘려 나갔네 흘러가는 것들을
잡을 수 없음을 몰랐었지 필름이 투사하는 착시의 몽타
주인 것을 알지 못했어 나는 지나가 버리는 것들의 배경
음악으로 살고 싶었네

한 프레임을 엮는 스물 네 번의 빛과 스물 네 번의 어
둠, 빛의 그늘, 그것들의 갈라진 깊은 틈을 켜는 브르흐
의 바이올린 협주곡 같은, 그런 배경음악으로

## 유월 장마에

비가 와요 산 중턱, 그 결을 따라 밤꽃이 피었어요 산
은 비안개 입김 같은 베옷을 밤나무에 자꾸 입히고 있네
요 밤꽃은 한사코 털어 버리려고 바람에 자꾸 제 몸을 흔
들어요 밤꽃을 휘감고 도는, 비안개 같은 베옷에 쓸린 생
채기,
그러지 말아요 그러지 말아요 밤꽃이 흔들립니다


빗방울 굵어지고 비안개 피어오르는 산 중턱을 따라
걸어 오르네 밤꽃 무거운 밤나무 아래 섰더니 어디서 까
막딱다구리 깜깜한 제 움 파는 소리 절벽으로 몸 날리는
폭포 소리 그 소리의 색들과 뒤엉켜 몸 섞는 빗소리…
밤꽃들 굵은 삼베옷 같은 폭우에 다 떨어지네 밤꽃 떨
어지는, 숨 끊어지는 절정, 그 모든 것들 끝에 무엇이 있
는 걸까 밤꽃들 무어라 소리 지르며 떨어지는데 산은 웅
얼거리며 점점 깊어지고…


밤나무에 베일 구름처럼 걸린 비안개, 산은 먼 길 건너
가는 밤꽃에 자꾸 웅얼거리며 점점 굵어지는 삼베옷 입

히는데
　그러지 말아요 그러지 말아요 유월 장마에 밤꽃이 후
두둑 떨어집니다

# 손을 대다

—열두 해를 혈루증으로 앓아 온 여자가 있어 많은 의사에 게 많은 괴로움을 받
았고 가진 것도 다 허비하였으되…… 예수 의 소문을 듣고 뒤로 와서 그의 옷
에 손을 대니…… 이에 혈루의 근원이 곧 마르매…… (마가복음 5장 25절~29절)

돌담 옆 무화과 꽃이 피었다 12년을 갇혀 산, 살았으나
죽은 여인이 몸을 씻는다 커튼을 올리고 목욕물에 향유
를 뿌리고 악취 나는 몸을 씻는다 누운자리 앉은자리를,
관습과 통념을, 비웃음과 돌팔매를 씻는다 그는 12살 죽
은 소녀를 위해 가는 길목에 있다 살았으나 죽은 자와 죽
었으나 살 자의 길목에, 틈에 있다 무화과 꽃이 피어 있
는 길목, 흰 광목 옷자락에 손을 대야한다 흰빛 그는 상
징이다

돌담 옆 무화과 꽃이 피는 날이었다 시대의 전통을 겹
겹이 쌓아놓은 성안의 담벼락 근처, 상징은 담벼락의 돌
들만큼 많은 아우성들과 담을 스쳐 지난다 아우성들 사
이로 손을 내민다 상징의 옷자락에서 틈이 빠져나간다
뒤돌아본다 상징은 틈을 알아보는 눈이다 관습의 정으
로 쪼고 깎은 촘촘한 담의 돌들, 틈을 비집고 들여다보는
무화과 꽃잎 같은 눈빛이다 살았으나 죽은 자, 죽었으나
산 자를 알아보는 깊숙한 시선, 틈을 들여다보는 詩線,

Ⅱ
나는 달을 만들었다

# 나는 달을 만들었다
—개기일식 1


나는 내 몸의 기억들을 저미서 달을 만들었다 그를 담
아 두었던 뇌 세포 하나하나, 슬픔 지나가던 눈동자 낱낱
을,

내가 완성되었을 때 세상은 잠시 어두워지겠지만 그
어둠의 깊이를 그는 가늠하기 어려울 테지만

그럴 때 그는 내 지문에 새겨진 몸을 아주 잃어버릴 테
지만

# 기억한다
## —개기일식 2

기억한다 내 손이 만지던 일을, 그의 일상을 만지는 촉촉한 감촉, 살갗을 살짝 쓰다듬는다 정오의 흰 햇빛이 손끝에서 발끝으로 꽂힌다 나는 자주 그의 영토에 꽂혀 있곤 했다 본체의 손끝에 지울 수 없는 칩으로 내장된다 지울 수 없는 칩, 손의 기억으로 새겨졌다

기억은 컴퓨터 화면 같은 하늘에 떠 있다 대낮의 잠이라고 생각했다 잠 속에서는 범람하는 욕망과 융기하는 세간의 경계는 무의미하다 기억의 지문 속에 길들이 도망치고 있다 그의 몸을 만지던 길들이 지워진다 은행나무 노랗게 깔린, 산모퉁이 당단풍나무 숲으로 난 길이, 붉게 타오르는 숲이 낸 길이 지워지고 있다 형태가 사라진 빛, 안이 어둡다

몸을 잃은 것들의 어둠, 경계도 없이 암울한 하늘에 사라진 해로 내가 떠 있다 몸을 잃은 나를 만지지 못할 것이다 몸을 잃은 내 손도 그를 만지지 못할 것이다

# 가려진 빛에 갇힌
　―개기월식 1

이 봄, 나는 달 안에 갇힌 짐승이네 밤이면 제 스스로
물어뜯은 몸의 피가 옷을 적시네 터진 이마와 찢긴 속옷
속의 상처, 붉은 꽃 피네 우리 안은 난데없는 꽃으로 봄
인 듯하나,

이 봄은 원치 않는 섹스처럼 칭얼거리지
옷의 안쪽, 속살에 독침 같은 세포들이 돋고 있어
몸을 찌르는 것들의 진통, 책장을 넘기면
깊숙한 정신의 눈에 가 박히는 글씨, 글씨의 씨앗들
달 표면에 깨알처럼 박히네
달이랑 사이에 성난 발자국들
봄은 정신의 안쪽 상처 난 속옷 속으로 더욱 칭얼대고

잠시 후 어둠은 달빛을 햇빛처럼 눈부시게 터뜨릴 것
이네 아직 꽃이 되지 못한 자목련 가려진 달 그림자 아래
서 있네 꽃을 터뜨리는 가려진 힘, 깨알처럼 화면에 박힌
글씨의 씨앗들이 터져 나오는 힘은 무엇이겠나 그 달빛
드러나면 씨앗들 자목련으로 피어날 테지만

# 암전
—개기월식 2

서서히 지워지는 몸의 부분들을 바라보고 있다 먼저
먼 거리에서도 알아보던 눈빛이 지워졌다 빛은 사라지
고 물체만 남는 일, 다음엔혀끝의감촉만으로도알아듣던
입술이지워졌다목소리가지워졌다문자메시지띄우던가
슴이지워졌다메시지신고달려가던신발이지워졌다 나는
의사소통의 길을 잃는다

　　빛을 잃은 눈동자의 망막을,
　　그 속에 내장된 시간들을 클릭한다
　　기억의 심상은 속도 늦은 인터넷 화면처럼
　　좀체 뜨지 않는다. 조급한, 조갈이 심한 이미지
　　빽빽한, 거꾸로 서 있는 그의,
　　눈빛이입술이목소리가눈썹이치자꽃향기빽빽하던
　　길이가을창틈으로몸피냄새새나가던방이노란은행잎
　　이표지판불빛들이지워진다
　　지워진 자리가 암담한 달 윤곽을 따라
　　둥글게 이미지의 선을 잇고 있다
　　빛이 지워진 자리와 연결된 이미지들도
　　필경 지워질 것이다

　　세상과의 통로이던 입술과 눈빛과 냄새가 지워지는
일, 결국에 땅 위에서 지워지는 일, 그틈새에채송화꽃피
고봄바람불고버드나무들흔들리고밥을먹고비디오를보
고백열등같은잠을자고꿈에눌리고가위에잘리고……
　　나는 서서히 눈빛의 끝부터 잘려나가는 내 몸의 이미
지들을 움켜쥐지 못한다 암묵,

# 식스 센스

   내 비밀을 가르쳐 드릴게요 그들은 자신이 보고 싶은
것만 보아요 자신이 죽은 줄도 모르죠 나는 그들이 보여
요* 이유 없이 목 등줄기가 써늘해질 때 그들이 화를 내
고 있다는 것을 알 수 있어요 그럴 때 무수한 냉기의 입
자가 입김에 서리로 내려앉는 것이 보이지요 고통의 흔
적을 붉게 칠한 肉과 魂 사이, 그리운 것들의 곁을 떠나
지 못한 영혼이 떠도는 곳, 그 틈을 통해 그들은 지상과
의 소통을 프리즘처럼 쏘아대고 있어요

나는 지금 세간의 거리를 걷고 있네
거리와 수상한 기운이 감도는 구름 사이의 경계,
그 틈에 서 있네 一家를 이루던 사람들 보이지 않네
모든 경계가 모호하네
어둠이 통과한 틈으로 지금 내 눈엔 그리운 것들,
만지고 싶은 이유가 있는 것들만 보이네 아마,
일가를 이룬 그들 눈에도 내가 보이지 않을 것이네
서로 보고 싶은 것만 보는 五感의 경계 너머
내 가슴뼈 근처에는 그 틈을 통과하지 못한,
그리운 것을 잊지 못한, 피가 고여 있을 터이고
벼랑에서 누가 밀 듯 등줄기가 써늘해질 때

꿈꾸고 있는 그들, 입김에 흰 서리 앉는 것은
그리운 것을 잊지 못한 이유일 테지만

지금 나는 세간의 거리를 보고 싶은 것만 보며 걷고 있네

* 영화 〈*The Sixth Sense*〉의 대사

# 오후 3시, 가을 숲

　깊은 가을 숲 오후 3시, 흰빛이 터지는 시간, 방 하나 들이고 싶었다 가을 잎을 한 입 베어 문 바람이 그 방문을 두드리지 못하고 지나간다 내다 볼 창문도 출입문도 없는 방, 자세히 보니 벽도 없고 천장도 없다 알몸으로 갇혀 있다 빛이 터지면서 무엇을 규정지으려는 선을 대부분 지워 놓고 있다 방안에 있는 것, 입안에 터질 듯 물고 뱉지 못하는 내면, 그 실체는 빛의 배면에서 더욱 선명해진다

　드러내지 못한 무의식이 알몸으로 방안을 기어다닌다 격리시켜야 해 격리된 것들은 힘이 세어진다 공격적이 된다 자기 자신이 되는 대신 자신을 부정하며 서서히 목 조른다 지우고 목 조르는 손가락에 작은 눈들이 있다 죽음을 만지는 눈들, 백색의 빛 안을 기웃거린다 그 빛을 즐기고 있다 차가운 가을 숲 오후 3시, 빛이 나무 사이로 폭죽처럼 터진다 작은 눈들이 질끈 눈을 감았다 뜬다 힘이 더 세어진다

# 박제가 된 새들의 노래

벽에 목만 걸려 있어요 벌새의 목, 부엉이의 목, 방울새의 목으로 푸르스름한 밤이면 노래를 해요 콘크리트 벽은 노래의 습기를 흡수해버려서요 벽을 넘지 못하는 소리는 자꾸 머리만 부딪치지요

음계가 되지 못한 방울새의 목은 박제가 되기 전에 목젖을 잃었어요 그래서 '파#' 음을 그리워하는 그를 부르지 못했다지요 그의 그리움이 되려고, 미분음, 그 음을 내려고 가시에 찔린 듯 짹짹거려요 소리가 남루해요 벽은 남루한 슬픔의 습기를 흡반처럼 빨아대고요 마른기침 같은 방울새 울음소리만 환청처럼 크게 들리는데요 오늘밤엔 기필코 반음을 올려야 할 텐데요, 그를 불러야 할 텐데요

## 죄의 집 1


벽은 안 쪽의 아이들을 길들이고 꽃은 자라지 않았다


나팔꽃 넝쿨이 벽 바깥을 타고 올랐다 넝쿨에 주렁주
렁 보라빛 꽃이 피어 있었다 꽃 속에 안개처럼 흩어졌던
아이들의 얼굴이 언뜻 보였다 해사했다 햇빛은 다른 방
향에서 꽃씨들을 키우고 있었다 벽 안쪽에서는 꽃이 보
이지 않았다

# 죄의 집 2
—로댕의 〈지옥의 문〉中 파울로와 프란체스카

　　제2지옥에 빠져 있어요 우린 황량한 폭풍 속을 구름이
불을 덮고 부유하지요 남편은 곱추에 기형아였는데요
예식에 나온 이는 그의 동생이었어요 우린 단지 란슬로
의 시를 읽고 있었을 뿐인데요 같이 책을 읽던 사람의 눈
에서 황홀한 빛을 보았을 뿐인데요 빛을 뿜어내는 시의
입술에 입술이 닿았을 뿐인데요 형의 화살은 우리를 꿰
뚫었지요 누군가, 지옥에 빠질 만큼의 꽃빛 같은 죄에 슬
픈 노래를 부르기도 하는데요 우린 지옥에서도 두 몸을
비단 구름으로 감고 바람 속을 알몸으로 떠도는데요 신
이 살며시 쓰다듬은 걸까요 기다란 선을 그리며 날아가
는* 벗은 몸의 섬세한 선은 구름이불 속에 구리빛인 걸
요 신의 손길을 닮은 금빛인 걸요

*단테의 『신곡』에서 빌려옴

# 생선 먹는 여자

오스카*의 엄마는 날 생선을 먹는 중이다 는개 뿌리는
유리창이 배경이다 이물감은 환멸의 다른 몸, 몸의 어딘
가를 쑤시는 통증, 그 근원을 덥석 씹지 않고 넘긴다 입
덧처럼 의혹의 알집이 터져 꾸역꾸역 밀려나온다 주검
의 비린내가 빗줄기에 섞인다 시선 안쪽에 퇴행하는 시
간들이 알처럼 기를 쓰고 붙어 있다 비가 오고 그녀의 눈
동자는 하혈 중이다 죄의식은 아름답지 않다

그녀는 하혈 중이다 비가 그녀의 머리칼처럼 푸슬푸슬
하다 시선이 머물던 시간 속 서랍을 닫는다 퇴행성 알의
일부가 하혈처럼 흘러나간다 균열은 몸 안쪽, 부정의 인
식에서 온다 열쇠는 없다 며칠째 날 생선만 먹는 이물감,
통증이 배경이다 비가 오고 그녀는 하혈 중이다 제 몸을
찔러 화해하는 자는 무죄다 죄의식은 아름답다 아니다

*『양철북』의 주인공 이름

# 나는 나를 바라보고 있다
— 自視現象에 대하여

그녀의 웃는 얼굴을 검은 띠가 두르고 있어 햇빛 쪽으로 환해진 웃음을 웃고 있네 아파트 12층에서 새처럼 몸을 날렸지 그녀가 떨어진 자리에 소문이 자라듯 빠진 깃털 같은 버들강아지 흔들리네 내 머리칼이 흔들리네

그늘 같은 몸을 지워버리고 싶었을 거야 지우는 일은 가벼워지는 일일 테니 가볍게 날 듯 찢어진 자리를 지워 버리고 싶었을 거야 흔들리는 욕구, 낡은 신발 같은 몸을 지워 버리고 싶었을 테지 절름거리네 지워진 자리 쪽으로 기우뚱 그늘이 엎질러지네

남은 자들은 스스로 따귀를 때리며 땅을 파겠지 저것 봐, 엄마의 피투성이 그늘을 아이가 보고 있어 그늘을 지켜보고 있는 벌건 눈, 그늘 쪽으로 아이가 넘어지네 남은 자들은 무엇을 물어야 할지 모르네 그녀의지워진눈이팔이발이새털처럼핏빛바람에뒤집히며뜨네붉은쪽으로넘어진그녀의영혼이몸밖으로나와자신의몸을바라보듯둥둥,그녀처럼나도뒤집히며떠올라…

그녀가 딸각, 이승의 문을 닫고 나가네 그들을 남겨놓네

# 우울증, 그리고 미분음

　그녀의 몸은 30kg인데요 검불 같았는데요 누군가 그
녀의 세포를 조각조각 분해해서 몸 바깥으로 자꾸 버렸
어요 그녀의 머리 속엔 먼지 같은 음표들이 돌아다녀서
미세하게 울고 있는 것 같기도 하고 떨고 있는 것 같기도
했는데요 세 치 혀 같은 음표들의 꼬리는 때로 날카로워
서요 실핏줄 끝까지 따라가서 의식의 소뇌 속에 칼처럼
박혀 버려요 그럴 때 그녀의 의식은 뇌성마비 손발처럼
제멋대로 인데요 몇날 며칠을 한숨도 잠들지 못하는데
요 몸은 탄소처럼 검어지고 감전된 세포처럼 타들어 가
는데요 그녀는 소뇌에 무수히 박힌 불온한 세 치 혀를 닮
은 음표들을 뽑고 싶어하는데요 칼집 같은 손을 밤마다
휘두르는데요

# 두레박이 없다

그의 눈 속에 산과 푸른 하늘이 있다 대모산 산등성이
위에 펼쳐진 하늘이다 앞이마가 푸른 작은 새 한 마리 포
르릉 난다 파란 하늘 속 새털구름 난다 푸른빛 한지 같은
눈알이 해의 빛을 남김없이 흡수한다 빛이면서 빛을 잃
은 동공이 하늘에 판 우물처럼 깊다 막노동 끝의 잔술 같
은 허름한 집 30촉 알전구, 두레박이 없다

# 마취 없이 시간이 바느질된다

시계의 초침소리가 심장을 바느질한다 채칵채칵, 채칵
거리면서 살고 있었다 명쾌한 시침과 초침소리의 안을
들여다보면 채칵채칵, 맞물리는 뾰족한 간격들, 진자처
럼 정확하다 시계 안쪽은 검게 비어 있다 일상의 톱니와
톱니를 맞물고 가는 보이지 않는 시간들

멈출 순 없는 걸까 이를 악문다 힘을 줄수록 더 결사적
으로 맞물리는, 어둠 속에 흰 치아처럼 도드라지는 톱니
들 톱니에 끌려 들어가는 어둠 바둥거린다 빈 어둠은 톱
날에 우심방, 좌심방으로 잘린다 잘린 심장을 꿰어 맞추
려는 듯 시간은 재봉틀 발판을 필사적으로 구르고… 구
를수록 촘촘하게 심장이 마취 없이 바느질된다 채칵채
칵 채칵채칵 바늘 지나가는 소리, 심장 한 쪽에 어둠을
닮은 당신이 있다

당신은 留保라는 우심방에서 마취 없이 바느질되고 있
다

III

파가니니의 연못

# 파가니니의 연못

당신과의 정사는 초록 숲이 우거진 흐린 그늘이었던가
요

일초에 열두 개의 감성을 신경세포의 활로 낱낱이 건
드리면서 지나가시는군요 E선의 유두에 당신 입술을 닮
은 활이 스치기만 해도 나는 가늘고 긴 고음의 물결로 흩
어집니다

그늘의 굴곡이 다른 음들 몇, 사랑처럼 지나갔지요 몸
또는 영혼의 쾌락은 악마적인가 의심합니다 그래요 당
신의 활이 순식간에 열두 곳 성감대를 건드려요 절정을
향해 치받는 감성의 음들을 받아먹은 잉어, 그 부레처럼
부풀고 있어요 두려워요 영혼을 악마에게 판 당신, 내 몸
또는 영혼의 부레가 당신의 입김으로 부풀어요

터질 듯, 얇아질 대로 얇아진 투명풍선처럼 부풀어올
라요 발은 이미 딛을 곳이 없어요 한순간 둥실 떠올랐으
나……

# 얼음은 수포를 가지고 있다

20cm로 몸을 얼린 살 속에 방울방울 숨소리 갇혀 있다
몸이 얼기 전 뽀글뽀글 숨을 쉰 게야 쩡! 길이 난다 방울
진 호흡의 길을 따라 숨쉬고 싶은 것들이 틈을 만들어 길
을 낸 모양이다 몸부림의 흔적이 역력하다 퍼렇게 멍이
든 피부에 허연 버짐이 번져 있다

누군가 다른 세상을 낚시질했던 구멍일까 작은 구멍에
수포 따라 틈들이 모여든다 우물 하나 파놓는다 숨쉬고
싶은 것들이 우물 쪽으로 길을 낸다 많은 것을 요구한 게
아니다 수포 만한 숨쉴 공간이 필요했던 거다 우물 속에
뽀글뽀글 길들이 모이고 길들이 마주쳐 잠시 쉬어갈 공
간을 만든다 다른 세상을 들여다보다 깊어진 우물, 봄 햇
살 한줌 수포 틈새로 움켜쥔다

# 만전춘별사

얼음 우에 댓닢 깔고 그대와 얼어죽을망정, 얼어죽을
망정 얼어죽어 이 봄 홀씨처럼 떠돌아도 좋으니 땅 위의
세상과 한판 붙어 보자고 그대 앞에 한 자락씩 옷 벗어
볼까 싱싱한 상사화 푸른 잎의 기다림 그 겉옷 훌훌 벗어
버리지 당신 아니면 안 되는 고집스런 구절초 꽃잎 단추
내 손으로 풀어 아직 녹지 않은 얼음 위에 댓닢 깔고 누
우면 밤새 뒤엉키는 실타래 소리에 두꺼운 세상 녹아 내
릴 테지 그럴 테지 내 벗은 몸이 녹인 얼음 자리에 내 등
허리 닮은 창을 내고 흰현호색 꽃잎 같은 봄 물길 불러오
면 이승 아닌 곳으로 솟구치는 세상 있을 테지 그럴 테지
솟구치며 이승 아니어도 물길 따라 같이 흘러갈 만한 세
상, 있다고 소리 칠 테지 봄 홀씨처럼 떠돌아도 좋으니
얼음 우에 댓닢 깔고 그대와 얼어죽을망정, 얼어죽을망
정……

# 얼음구름에 갇혔네

겨울, 갈참나무를 보고 있었는데 간간이 초록 눈을 손에 들고 봄꽃이 되고 있었는데 사랑 같은, 봄기운 같은 다른 세상에 귀 기울이고 있었는데 마른벼락처럼, 애인의 느닷없는 따귀처럼 얼음구름 곤두박질치더니 흙빛 주문 외우는 소리 강샘에 들뜬 얼음구름, 세상의 마지막 밤 같은 소리를 내지르는데

갈참나무 참아야 해 중얼거리는데 얼음폭우 연초록 꽃을 든 갈참나무 손목을 부러뜨리고 봄기운 따뜻한 귀를 자르네 꽃빛 통신 두절, 떼거지로 덮치는 얼음폭우 사랑 같은, 봄기운 같은, 다른 세상 좇아 뒤돌아보다 목이 비틀린 꽃이 되다만 갈참나무 얼음기둥 흙빛 얼음구름에 갇혔네

# 붉은 노래
―청령포 觀音松*

보고 들었어요 한 죽음의 기운을,

그때 그가 여린 근심으로 갈라진 내 나무 둥치에 걸터
앉았었는데 불현듯 무슨 억울한 생각에 봄빛에 달군 난
달래처럼 화르르 타오르다 얼굴빛이 온통 번개 맞은 대
나무처럼 쪼개지던 그때, 깊어진 우물 같은 내 몸 어디선
가 습한 대금의 노래소리

달이 뜨면 나는 대금소리 같은 푸른빛으로 떠오를 테
지만 취구 같은 마을을 지나 숙성한 달빛 비치는 無依의
숲을 지나, 걸어서 구름산을 밟고 올라요 한 발씩 떼어놓
을 때마다 약불 지피는 붉은 가마솥 같은 내 몸에서 떠올
라요 몽실몽실 몸을 벗어나는 소리, 산중턱 비안개 같은
대금소리, 나뭇잎들의 청공, 그 찢어질 듯 엷은 소리를
타고 조여오는 몸을 놓아버려요 삶의 몽환이 내 창자 속
이나 목젖 같은 붉은 방에 가득하지만 비 그치고 달이 뜨
면 흰말의 갈기 같은 대금소리 타고 아픈 몸을 풀어버리
려고요 이승을 놓아버리려고요

＊단종의 유배지 청령포에 있는 수령 600여 년의 소나무. 단종의 애절한 모습을
보고 들었을 것이라 해서 觀音松이라 이름지어졌으며, 밑둥부터 두 갈래로 갈
라져 있어 단종이 여기에 걸터앉아 시름을 달랬다는 말이 전해진다.

명성황후


b,툭
b,툭
b,툭


떨판의 묘한 불안함으로
반음 내림표가 칼이 된다 떨어진다
이름 위에 꽂힌다


그 이름, 자음과 모음 사이
눈물 같은 물줄기가 거세게 흐르는,
폭포에서 떨어지는 칼의 문장이라고 쓴다

# 봄

막혀 있었다

아랫배에 묵직한 통증
변기에 핏빛 꽃잎이 싸르르
떨어지며 핀다

떨어져 나간 것들이 검고 붉은 그늘을 만든다
꽃이 피었던 흔적을 갈퀴질한 걸까
내벽에 패인 골 깊은 길들

양변기의 물을 튼다
검붉은 꽃잎 찢어지며 물결무늬의 길을 낸다
떨어져 나간 것들이 봄의 소용돌이 중심으로
와—와— 빨려 내려간다

# 편지 1
### ─붉은가슴벌새

일초에 일흔 여덟 번의 날갯짓으로 꽃을 향해 멈추어
있어요 벌만큼이나 작은 날개로 파들거리지요 꽃술이
풍기는 꿀 향내에 정신을 놓아 버려요 아무것도 보이지
않아요 주술에 걸린 듯 독특한 향기의 꽃을 향해 날아오
릅니다 그를 향해 잠시 멈추어 있을 텐데요 그의 향기는
일흔 여덟 번의 파열음으로 일초에 전 생애를 훑고 지나
갑니다

# 편지 2
—크로키


창가에서 4B연필을 깎고 있을 때
그때 사선을 그리며 날아오르는 새의 옆모습, 그 선을,
그 실루엣을 순간, 그린다 비가 퍼붓고 있다


비둘기가 빗속을 뚫고 날아오른다
(당신은 비 맞으며 한 시간을 장대비 속에 서―있다)


―그 순간 필름에 찍힌, 기억과의 쇼크


빗줄기에 날개를 퍼덕이는 새의 등선이 지워져 있다
하늘 한쪽이 새의 등 안으로 들어와 있다
  (당신의 어깨에서 흘러내리는 등선의 반쯤이 충충나
무 잎들에 지워져 있다 빗물에 번져 있다)


  ―당신의 손가락, 발가락, 젖은 머리칼이 몇 개의 선으
로 남는 것


  빗줄기가 굵어지면서 떨며 푸들거린다 너무 오래 기다
렸던 모양이다 몸에서 따뜻한 영혼의 김이 모락모락 피
어난다

(당신은 오래 는개처럼 서―있다 )


―손가락들이 다섯 개의 모양이 아닌 내 얼굴을 따뜻
하게 만지던 손으로 뭉뚱그려지는 것


순간, 번개가 하늘을 이편과 저편으로 나눈다 반대편
으로 비둘기가 내려앉는다 나무빛깔과 층층나무 꽃빛에
날개의 선이 지워진다
(김이 서린 팔과 다리의 선이 빗물에 지워진다 당신은
반대편으로 걷기 시작한다)


―그려지지 않은 남은 선을 오래 남아서 혼자 그려야
하는 것


시간이 만지고 지나가는, 4B연필이 긋고 가는
가벼움, 그 가벼움의 순간은 모든 것을 포함한다
나는 폭우속 새의 날개를 길게 깎고 있다

# 편지 3
―안과 밖, 그 틈새

문이 빠끔히 열렸습니다 너무 힘껏 닫았던 모양입니다 그 틈으로 순식간에 빛들이 새어 나갔는데요 내 손 어느 쪽이 투명해졌어요 어느 손인지 구별할 수 없었는데요 오른손이든 왼손이든 아마 그가 서 있는 쪽이었을 겁니다 내 몸을 이루고 있는 가슴께의 어떤 선이 선율처럼 흘러 나갔어요

가끔 누군가를 등뒤에 두고 너무 세게 문을 닫지요 그때 반동으로 열린 문 쪽, 그 뒤를 돌아보면 슬몃 열린 문 밖에서 흘러나간 가슴께의 음들이 속살거려요 그 쪽으로 귀만 밝아져서요 안으로 팽팽히 잡아당기던 몸의 어느 부분들이 모르게 지워지곤 하는데요 지워진 몸은 문 밖으로 흘러 다른 색의 음이 되고 다른 몸을 만듭니다 서로 다른 몸이 격렬히 충돌하는 안과 밖, 그 틈새

문이 빠끔히 열렸습니다 너무 힘껏 닫았던 모양입니다

# 끊어진 길

소도 바닷가를 검은 고양이 어슬렁거리네 실하게 오른
갈증, 갈망이 마지막 노을을 금목걸이처럼 걸고 있네 자
갈을 구름 밟듯 하네 그 폭신한 발걸음을 좇아가다 설핏
잠이 드네

구름 바닷가를 내가 걷고 있네 파도소리 목말라 목말
라 칭얼대는 동안 어떤 손이 끊어진 금빛 목걸이를 손바
닥에 올려주네 신음 같은 마지막 노을 한 가닥을 들여다
보네 노을 속 지친 구름 한쪽 파도에 쓸려가네 손바닥에
몇 개의 손금으로 요동치는 끊어진 길들 어떻게 이어야
하나 고양이 혀처럼 살아 움직이는 길 끝이 손가락 사이
로 꿈틀거리네 잡히지 않네 등대 불빛이 고양이 눈빛처
럼 發光하는

# 침엽의 바람

숲 속에 빗줄기가 굵어지고 있다 비자나무 잎새에 유독 비의 빗금이 선명하다 침엽의 숲 밖으로 고인 생각을 퍼내는 동안 점점 더 굵어지는 빗금들

빗금으로 덧칠되는 내가 선 자리, 비 그치면 젖은 장판이 들뜨듯 얼룩지며 말라버릴 시간들, 손을 펴서 쥘 수 없는, 비자 잎새를 닮은 빗줄기가 허방에 손사래친다 찔려서 아픈 것들이 후드득 떨어진다

표지판처럼 손 내밀며 서 있던 그가 떨어진다 떨어지며 그가 그려놓는 약도의 빗금들, 그 속에 점선으로 반쯤 지워진 내가 서 있다

이별, 이라고 발음하는 혀끝에 침엽의 바람이 분다 비자 잎 향기가 밤의 숲 밖으로 빗금처럼 몰려간다

# 나는 뻐끔거린다

그의 창문에 빗물이 물금을 긋고 있다 빗물은 그에게
다가가려고 무수히 몸을 부딪쳐 부서지고 있었는데 부
서진 몸은 유리면을 통해 그의 안을 갈라지며 들여다보
고 있다 유리면에 무수히 그어진 물금의 그림자가 그의
얼굴을 사선으로 지우고 있다

그림자 속에 절망으로 어두워진 물금이 강물 한줄기
파 놓는다 부서진 비늘들이 강물 속에서 누빈 이불처럼
몸을 만든다 몸이 원하는 욕망은 누빈 이불 속에서 수없
이 많은 빛깔의 알을 품는다 터질 만큼 몸이 비대해진다

누군가 낚시를 던진다 세상 밖의 떡밥을 향해 입질을
한다 유리면에 부서지던, 목에 걸린 허수의 기호, 통신
불감의 신호들…… 당겨진다 나는 온 비늘의 근육을 뻐
끔거린다 항의한다 누런 알들을 사정없이 쏟아놓는다

IV

깊은 밤 이팝나무 숲은 등을 켜 든다

# 탈피

전라남도 봉래면 바닷가
어린무늬밤게가 밤길을 기어간다
기어가다 문득 제 몸을 벗어 던진다
달빛 아래 드러나는 등껍질이 투명하다

갑자기 거친 파도가 후려친다
어린 등에 퍼런 자국이 상처로 남는다 삶은 가끔
살아 남기 위해서 더 단단해져야 한다고
그렇게 후려치는 것이다

빈 소라껍질 속에 몸을 숨긴다
조용해진 밤 달빛이 길게 손을 뻗어 어루만진다
소라껍질 속에서 나와
등허리를 조이던 집착의 근육을 조금 풀고
말을 아껴 잘게 뽀글거리던 아가미도 열어 놓고
탈피를 위해 못 본 체하던 그에 대한 아릿한
그리움이 달처럼 차 오르는 가슴을 풀어놓는다
그런 밤이 깊어지면
어린무늬밤게는 또 하나의 껍질을 벗어 던지는 것이다

잠 못 드는 밤이면 바닷가를 곰곰이 걷다가
생각이 깊어진 길을 찾아 반짝 달빛이 비추어 주는 그
때,
그럴 때 나는 더 단단한 껍질로 자꾸 몸을 바꾸는 것이
다

# 깊은 밤 이팝나무 숲은 등을 켜 든다


이팝나무 숲 속에 들어서자 한 겹 푸른 어둠이 덧칠해
졌다
바위구절초나 금강초롱꽃도 푸른 물감을 한 자락 끌어
덮고 조용하다
햇살 중에 금빛 줄만 뽑아 몸 안에 빛을 뭉치는 반딧불
이


제 짝을 찾을 때 낮 동안 애써 뭉친 빛을 가장 강하게
내쏘는
반딧불이는 아직 돌아오지 않은 누군가를 기다리고 있
다
약속은 하지 않았지만 돌아와야 할 누군가를 기다린다
길을 잘못 든 것이 아닐까
방향 표지판은 제대로 놓여 있는 걸까
아무래도 안 되겠어
제 몸을 태워 불을 밝히고 숲을 나서는 반딧불이
낮 동안 꾹꾹 눌러 뭉친 금빛 햇살로 길을 열어 놓는다
어둠으로 덮여 있던 이팝나무잎 무성한 숲이 술렁인다
오랜 기다림으로 몸을 태우는 불빛이 까만 어둠에 상
처처럼 박힌다

하나둘 가쁜 숨을 쉴 때마다 새살 밑의 그리움이 씀벅
씀벅 불빛이 된다
보고 싶어 보고 싶어
기다림을 깜박이면서 금강초롱꽃에 앉아 호롱불을 밝
혀든다


이팝나무 숲이 반딧불이의 등불을 밝혀든 집 한 채로
서 있다

# 오목렌즈

직선을 곡선으로 휘게 하는 힘이 있어 숫돌에 밤낮으로 갈아 시퍼렇게 날선 칼날도 돗수 0.1의 안경을 통과하면 둥글게 마음을 말아 쥐곤 하지 기억의 눈동자 안 쪽에 박힌 깨진 유리조각 같은 분노도 둥글게 말리면서 흰 웃음을 가지런히 내 보이곤 해


둥근 것은 부드러워 둥근 것을 만지면 깊이 갈비뼈 밑에 앙금 짙게 깔린 상처도 치자 꽃잎을 시냇물에 흔들었을 때 꽃잎물이 투명한 물에 번지듯 풀풀 풀어지곤 하지 그런 거야 꽃잎물이 시냇물에 번지며 흘러가는 것 서로 물들이며 씻어주기도 하는 그런 것
　이것 좀 봐 딱딱한 각질처럼 각진 곳에 갇혀 있던 생각들이 돌멩이를 들추네


둥근 돌멩이 그늘 밑 삶을 꼼지락거리는 것들, 잠자리 유충, 어린 가재, 미생물들…… 렌즈를 통해 물 속을 들여다보면 아주 작은 생물의 실핏줄 같은 눈들이 보여
　물결이 햇빛의 각도를 다르게 받아내듯 렌즈를 통과한

빛으로 서로를 다르게 받아내는 거야 내 눈에 치자꽃 꽃
잎물이 박하향처럼 번지고 있어

# 숲은 통화권 밖에

어둠에 지워진 가지를 쥐고 은행잎 몇몇 허공에 떠 있습니다 빛나는 모래알 같다고 생각하지요 숲에는 오랜 풍상의 은행나무들 수군거리며 서 있는데요 어둠의 굵은 끝이 나이테를 깊숙이 기록하고 있습니다 수군거리던 바람이 기록된 문자들을 들추고 지나가는데요 어둠은 더 어둔 곳으로 창문을 닫아 버립니다 통화권 이탈을 알리는 목소리는 메시지를 남기라고 단조롭게 말하지요 그럴 때 아무도 모르게 은행잎은 닫힌 창문 처마 끝에 매달리며 지워지고 있습니다

창문 안쪽의 어둠은 가을비 내린 후 은행잎 즐비한 거리를 책으로 만들곤 하는데요 그 책은 넘길수록 자꾸 불어나서 통화권 이탈 지역은 이제 방전 상태이지요 방전된 내면은 액정화면에 불이 꺼지듯 책 속의 문자들을 지워버립니다 지워진 문자들은 허연 몸피로 화면을 떠나지 못하는데요 아무도 창문 안쪽 사건을 송신해주지 않는데요 지워진 문장의 행간으로 어둠이 모래알처럼 흩어지고 있습니다

# 민달팽이 한 마리 산다

분재 소나무, 잘디잔 가지까지 철사로 친친 감겨 있다
그 힘의 안쪽으로 가지들 전망 좋게 고정되어 있다 13층
베란다는 송진 냄새로 가득하다 향기로 만들어진 구름
은 축소된 세계를 은폐한다 잘린 나뭇가지엔 몽글몽글
송진구름이 진득하다

누군가 나른한 오후에 때맞추어 물을 주고 커튼을 올
려준다 감질날 만큼 잠깐씩 햇빛을 보여주기도 한다 닫
힌 창문 틈으로 더워진 봄바람이 잊혀진 소식처럼 분다
바깥의 안부가 궁금하다 얇은 틈으로 부는 봄바람에 송
진구름이 걷히면 은밀한 비밀은 자라지 않는다 햇빛은
위험하다 섬세하다 세부적이다

송진구름 은은한 우듬지에 민달팽이 한 마리 산다

# 절반의 몸 하나 열어

밤새 게발 선인장, 꽃분홍 꽃의 속내를 드러내고 활짝 피었다 꽃 피고지면 꽃핀 자리에 절반의 몸이 자랄 것이다 세포분열은 성장을 담보로 한다 성장을 거듭하는 일은 내 안의 것들을 쪼개는 일이다 2n의 몸 안이 두 개의 n으로 쪼개진다 감수분열 한다 절반의 몸을 내어준다

꽃피고 싶지 않아 몸 안쪽의 분열을 견딜 수 없어 봄날, 빈혈은 흰색에 가까운 말간 분홍색이다 몸의 반을 내어주고 말갛게 통증을 이겨낸 것들, 통념을 쪼개고 꽃 피운 것들, 시간이 피고진 자리에 절반의 몸 하나 열어,

# 나는 평면 뒤에 남겨졌다

내 눈 속에서 그대라는 산을 하나 꺼내 놓았다
눈 속은 텅 비어 바람이 드나들었다
나는 늘 그 산밑에서 마음 젖었는데
그러는 동안 산은 제 몸을 둥글게 부풀리고 있었다
젖은 것들은 물먹은 한지에 붓자국 같아서 어렴풋이
산기슭에 길을 만들었다 길은 스미면서 퍼졌다

지난 여름, 그 길을 따라 그대와의 발자국들
입술을 닮은 상사화 꽃즙으로 흔적을 만들었다
상사화의 꽃과 잎이 피고 지는 시간에
길과 햇빛들이 부러져 길게
눈물 같은 냇물에 뼈를 담갔다
둥글게 부풀었던 산이 보이지 않았다

얼룩진 꽃잎 하나도 내 것은 아니었다
넘어 온 것은 여전한 산 그림자
나는 평면 뒤에 남겨졌다

# 마이크로스코피움*

   가을 저녁의 남쪽 하늘에 나직이 떠 있는 별, 적위 37도 부근에 위치한 그 별은 제일 밝은 별이라 해도 5등성이다 넓은 면적을 차지하지만 거의 눈을 끌지 못할 정도로 어둡다 막막해져서 그 별을 바라본다 별이 순간 반짝, 나를 보는 시선이 느껴졌다 지하실 같은 막막함이 빛의 생각들로 술렁인다 바닥에 웅크리고 있던 생각들이 빛 한 줄기씩을 뿜어내기 시작한다 망사같이 안타깝고 뿌연 생각들이 또렷해진다

   그 별빛 한줌을 뭉쳐 작은 렌즈를 만든다 그 렌즈를 탁하게 흐려진 눈에 넣는다 내 안의 절름발이 꿈들이 눈의 렌즈를 통해 몸체를 크게 부풀리고 자리를 잡는다 보이지 않던 등뼈 밑의 날개도 꿈틀거리고 양지꽃빛이나 물매화빛의 생각들은 더 단단해지고 견고해진다 생각들은 하나하나 그 별의 무리 속에 섞이기 시작한다 봉우리가 만개한 꽃으로 터진다 별꽃이 된다 하늘에서 꽃 이파리들이 별빛으로 떨어진다

   가을 저녁 남쪽 하늘 밑에 누워 꽃잎을 받아먹는다

*현미경 자리

## 나뭇잎은 창백하다

날도래유충이 오대산 명계리 계곡 물 밑 바위 언저리
나뭇잎을 등에 끌어 덮고 있다 유충은
물위로 어룽거리는 그림자에 불안한 빛을 감추지 못한
다
천적인 열목어도 피해야 하지만 물위의 어두운 그림자
는 한결 더 두렵다
그림자는 형태만 물위에 검게 흔들릴 뿐 속내를 알 수가
없다
눈빛이 사나우면 빨리 방향을 바꾸어야 한다
하지만 햇빛을 등지고 선 눈도 입도 없는 검은 윤곽은
눈빛의 방향을 예측할 수 없다

윤곽만 있고 속은 없는, 검은 그림자는 내 안에서 어룽거
린다
너무 가까워 보이지 않는 폐 속의 그림자에 쫓기고 목이
졸린다
가위눌린다 누르고 있는 검은 그림자 뒤로 하얗게 터지
는 대낮 햇살
끌어 덮고 있는 나뭇잎에 피가 통하지 않는다 정맥이 터
질 듯 눌린다

눌린 정맥의 날개를 달고 물 밖으로 날아오를 날이 과연
있는 걸까
이미 나뭇잎은 창백하다


．．．．．．．．．．．．．．．．．．．．．．．．．．．．．．．．．．．．．．．．．．．．．．．．．．．．．．．．．．．．．．．


물 밖은 힘찬 봄이다

# 접붙이기

달팽이 고리관에 물이 차서 중심을 잃는 병이라고 했
다 엄마는 육십 평생 담아 두었던 온갖 병을 토하곤 했다
아버지를 토하고 자식들을 토했다 말로 토하지 못한 내
력을 안이 밖이 되도록 토했다 토해낸 것들을 엄마의 정
원에 심었던 걸까 정원에는 늘 꼼지락거리며 자라라 자
라라 겨드랑이 부추기는 알 수 없는 기운 같은 게 있었다
그 기운이 나무에 가서 닿으면 새순이란 낱말이 되기도
하고 '꽃이 핀다' 라는 문장이 되기도 했다 꽃으로 핀, 중
심을 잃는다는 문장은 생의 중력에서 벗어나 향기로 떠
올랐다 풀잎 냄새의 생기가 정원에 가득해진다 엄마의
정원엔 입다문 석류나무와 연못이 없는 연꽃들도 말을
하고 뿌리내리며 꽃을 피웠다

## 고구마꽃

온실, 그 공간은 어린 화청소*로 가득해서 햇살의
각도에 따라 흐린 자주빛에서 장미빛 붉은 꽃으로
손쉽게 몸을 바꾸곤 했었다
고구마꽃의 생명력을 알지 못했거나 기억하지 못했다
그저 오래 심심한 날들이 지나갔을 뿐이었다

유리창을 통과한 햇빛은 지나치게 뜨거웠다
색깔을 잃은 나는 무엇으로든 저 햇빛을 가리고 싶었
다
주먹을 휘둘렀다 유리 햇살이 파편처럼 튀었다
흙모래 섞인 세간의 바람이 쪼개진 햇빛의 행간으로
불어왔다 내 얼굴은 핏빛으로 바뀌었다
붉게 물든 넝쿨손은 흙을 움켜쥐고 내달렸다

땅 속 깊은 길의 내일은 핏빛이었다
눕지 못했다 앓지 못했다 그저 노란 햇빛이
고구마꽃잎에 퍼붓고 있었다 알맹이, 영글고 있었다

*꽃중에 고구마꽃에 가장 많은 화청소가 있어서 빛의 양이나 온도에 따라 꽃
  색깔이 빠르게 바뀐다.

# 호두나무

오래된 생각들의 뼈 호두나무

오랜 겨울들이 앉았다가는 마른 뼈

동박새 한 마리 호두내장 같은 생각들

속에 골똘히 돌아앉아

# 자귀나무 그늘

숲을 지나다 스친 머리끝에서 무엇인가 움츠러드네
호흡조차 끊긴 듯한 몸짓이었어
무엇이 바람 같은 머리결에도 놀라는 걸까
자귀나무잎, 빛이 밝게 비추기만 해도
잔뜩 몸을 움츠리는
흥분파의 전도 속도는 초속14mm

곤충이 날아와 앉으려다 소스라치네
혼자인 시간이 긴 적막으로 막을 씌우네
숲은 대금소리 같은 어둠으로 적요한데
자귀나무잎 그늘에 그림자들의 움직임,
잎을 갉아 먹혀도 좋겠다는 소근거림, 중얼거림

일렁이네 호흡이 긴 대금소리만큼
깊어지는 그늘 속 그림자들

# 뇌를 깨물다

얇고 달디단 과즙이 뇌를 닮은 사과 세포를 팽팽하게
부풀린다
뇌 같은 사과를 깨문다 아삭! 내지르는 소리 제 몸에 잔
뜩 팽창한 조금씩 죽어 가는 달콤한 것들 짓씹는,

죽고 싶었어 널뛰듯 온 몸의 무게를 한데 모아 죽을 힘
을 다해 한 번 발 구르고 싶었지 뇌 속의 과즙처럼 초속
160km의 속도로 튕겨 나가고 싶었어 머리 속 생각들이
잠시 혼비백산하는 동안 나는 자꾸 웃음이 나와 지구 안
쪽을 향해 가끔 손을 흔들지 무중력의 하늘을 담은 냇물
에 구름 손수건 흔들면 눈물이거나 엷은 웃음소리가 사
과 속살빛 물감처럼 풀어지지 잔뜩 고인 얇고 달콤한, 安
慰한 죽은 것들 손 흔들고 싶었어 뇌관을 깨물고 싶었어
폭발하듯 밖으로 튕겨 나가 전속력으로 또 다른 세계와
충돌하는 경쾌한 아삭!

# 유리디체의 노래

권혁웅(시인 · 문학평론가)

음악의 신 아폴론과 현악기의 여신 칼리오페 사이에서 난 아들이 지상 최고의 가수인 오르페우스이다. 그가 노래할 때에는 사람들뿐 아니라 나무와 돌과 짐승들까지 그의 노래에 귀를 기울였다고 한다. 그는 커서 유리디체(에우뤼디케)와 결혼했다. 유리디체는 꽃을 꺾으러 나갔다가 그만 독사에게 발꿈치를 물려 숨을 거두고 말았다. 슬피 울던 오르페우스는 저승에 가서 유리디체를 데려올 결심을 했다. 그가 하데스를 만나 수금을 켜면서 노래를 부르자 명계의 모든 이들이 감동해서 흐느꼈다. 하데스 역시 무쇠로 된 눈물을 흘리면서 유리디체를 보내주겠노라 약속했다. 다만 한 가지 금기를 지켜야 하는데, 저승을 벗어날 때까지 뒤따르는 그녀를 돌아보아선 안 된다는 것이었다. 오르페우스는 그녀를 데리고 저승길을 돌아 나왔는데, 이승으로 나오는 동굴 입구에서 그만 보고픔을 못 견딘 나머지 뒤를 돌아보고 말았다. 그 순간 그녀는 저승으로, 어둠으로 다시 빨려 들어갔고 그는 죽을 때까지 다시는 그녀를 만나지 못했다. 금지 명령을 어기고 뒤를 돌아본 이야기는 또 있다. 신이 죄악에 물든 두 도시, 소돔과 고모라를 멸할 때, 거기서 탈출한 롯의 일가에게도 돌아보지 말라는 금기가 주어졌다. 탈출하는 와중에 롯의 아내가 옛 집에 대한 미련을 버리지 못하고 뒤를 돌아보았다가 소금 기둥이 되고 말았다. "사랑 같은, 봄기운 같은, 다른 세상 좇아 뒤돌아보다 목이 비틀린, 꽃이 되다만 갈참나무 얼음기둥"(「얼음구름에 갇혔네」)이 바로 이 소금 기둥의 변형이다.

돌아본다는 것, 그것은 경계를 표시하는 행동이다. 돌아보는 행위로 인해 오르페우스와 유리디체는 삶과 죽음의 경계를 이루었다. 오르페우스는 막 이승에, 빛의 세계에, 삶의 영역에 들었는데 그의 뒤에는 저승이, 어둠의 세계가, 죽음이 펼쳐져 있다. 그 경계에서 유리디체는 몸을 부여받지 못해 어슴푸레할 뿐이다. 롯의 아내 역시 스스로 소금 기둥이 되어 성과 속, 죽음과 삶의 경계지표가 되었다. 「창세기」는 아내를 잃고 산에서 동굴 생활을 하던 롯의 일가가 저지른 근친상간을 기록하고 있다. 롯의 두 딸이 자손이 끊길 것을 염려한 나머지, 아버지에게 술을 먹이고 차례로 동침하여 아들들을 낳았으며, 이들이 모압과 암몬 족속의 선조가 되었다고 한다. 강도, 강간, 남색의 현장을 벗어나 근친상간의 현장으로 진입했으니, 삶이 일종의 난장(亂場)이었던 셈이다. 롯의 아내는 두 딸이 자신을 대신했으므로 앞으로 나아갈 수 없었고,

남색 하는 곳에서도 제 자리를 찾을 수 없었으니 뒤로 돌아갈 수 없었다. 그녀는 그 자리에 굳을 수밖에 없었다. 한 여자는 정인(情人)이 돌아보았는데 그 벌로 형체를 잃었고, 또 한 여자는 스스로 돌아보았는데 그 벌로 형체를 잃었다. 시인 유수연은 바로 이 경계의 자리에 있으며, 형체를 갖고자 하는 간절함 가운데 있다.

어두운 유리를 통해 빛 같은 것이 뚫어놓은 통로, 두 세계를 보이지 않게 내통하는 구멍엔 어쩌다 봄꽃이 지기도 하고 어찌어찌 연분홍 봄꽃이 피기도 하지 스치는 인연의 발목을 틀어쥔 한여름 炎天의 능소화,를 타고 오르던 벌건 꽃대궁 같은 순간들은 무엇이었나 생각할 틈이 없네 해는 빨리 떴다 지고 째깍째깍 봄날은 가네

(…) 이리 돌며 저리 돌아가는 경계의 통로, 어디쯤에 나는 서 있는 걸까 묻지 않네 어두운 유리를 통해 들여다볼 뿐, 유화처럼 으깨어진 연분홍 치마빛 봄날은 이리저리 돌며 미친 회오리처럼 어둔 구멍을 통과하지 못하고…
　　　　　　　　　　　　　　　　　　—「봄날은 간다」 1, 3연

"두 세계를 보이지 않게 내통하는 구멍"은 회전문이다. 문은 돌고 그에 따라 빛과 어둠이 교대하고 세월이 흐르고 인연도 발목을 붙잡았다 놓는다. 회전문은 경계에 대한 탁월한 지표이다. 문은 두 세계를 들고 나는데, 문 자체도 여러 겹의 "어두운 유리"로 되어 있다. 경계에

서 뚜렷한 것은 아무것도 없다. "연분홍 봄꽃"과 "한여름
염천의 능소화"가 피던 시절을 나는 이미 돌아 나왔다.
그것들은 형체를 가진 것들, 뚜렷한 것들이지만 "순간"
의 것들이어서 이미 "어두운 유리" 저편에 있으며, 나는
다만 그것을 "들여다볼 뿐"이다.

　돌아본다는 것, 그것은 그리움의 지표이기도 하다. 몸
은 나아가는데 마음은 두고 온 것을 못 잊어 돌이키려 한
다. 내 몸은 이쪽으로 가는데 내 마음은 저쪽으로 간다.
그게 그리움이 아니고 무엇이겠는가?


　기억한다 내 손이 만지던 일을, 그의 일상을 만지는 촉
촉한 감촉, 살갗을 살짝 쓰다듬는다 정오의 흰 햇빛이 손
끝에서 발끝으로 꽂힌다 나는 자주 그의 영토에 꽂혀 있
곤 했다 본체의 손끝에 지울 수 없는 칩으로 내장된다 지
울 수 없는 칩, 손의 기억으로 새겨졌다


　기억은 컴퓨터 화면 같은 하늘에 떠 있다 대낮의 잠이
라고 생각했다 잠 속에서는 범람하는 욕망과 융기하는 세
간의 경계는 무의미하다 기억의 지문 속에 길들이 도망치
고 있다 그의 몸을 만지던 길들이 지워진다 은행나무 노
랗게 깔린, 산모퉁이 당단풍나무 숲으로 난 길이, 붉게 타
오르는 숲이 낸 길이 지워지고 있다 형태가 사라진 빛, 안
이 어둡다


　몸을 잃은 것들의 어둠, 경계도 없이 암울한 하늘에 사

라진 해로 내가 떠있다 몸을 잃은 나를 만지지 못할 것이
다 몸을 잃은 내 손도 그를 만지지 못할 것이다
—「기억한다—개기일식 2」 전문

그리움에 대한 노래는 보통 사랑의 대상을 〈잃어버린〉
자가 부른다. 유리디체를 그리워하는 오르페우스의 노
래를 우리는 자주 들어왔다. 유수연의 노래는 〈잃어버려
진〉 자의 노래라는 점에서 특징적이다. 그녀의 퍼소나는
저 유리디체처럼 형체와 목소리를 잃고 사라지기 직전
이다. 그런데도 그는 여전히 저 앞에, 뚜렷이 서 있다. 자
신을 "사라진 해"로 빗댄 이의 슬픔이 여기에 있다. "몸
을 잃은 나를 만지지 못할 것이다" "몸을 잃은 내 손도
그를 만지지 못할 것이다." 나는 사라졌으며 그는 남았
다. 나는 형체를 잃었으나 그는 실체를 얻었다. 나는 "몸
을 잃은 것들의 어둠"과 경계 없이 섞였다.

물론 이 노래는 그리움만 이야기하는 것이 아니다. 첫
째로 이 노래는 기억을 검토한다. 나는 "그의 일상을" 기
억한다. 그게 컴퓨터 "본체"와 "칩"의 관계로 설정되었
다. "나는 자주 그의 영토에 꽂혀 있곤 했다." 화면에 떠
올랐으므로 이 기억은 정확할 것이다. 그러나(뒤에서 얘
기하겠지만) 이 기억은 정확할수록 기억의 대상을 놓친
다. 둘째로 이 노래는 감각과 관념에 관해 진술한다. 내
기억은 정확히는 "손의 기억"이다. 내가 그를 기억하는
가? 내 손이 그의 "살갗"을 기억하는가? 내 기억이 분명
할수록 형태는 사라질 것이다. 셋째로 이 노래는 뒤섞인

욕망과 현실을 소묘한다. "대낮의 잠이라고 생각했다 잠 속에서는 범람하는 욕망과 융기하는 세간의 경계는 무의미하다." 대낮의 잠, 그건 낮에 속한 것인가, 밤에 속한 것인가? 이미 욕망과 세속의 경계가 지워졌으므로, 대낮의 잠 곧 백일몽은 기억의 힘으로 없는 그를 불러오고 "기억의 지문 속에" 난 세간의 길들로 실제의 그를 떠나보낸다. 내가 기억을 잃자 내 손의 기억도 사라졌으며, 그래서 "몸을 잃은 것들의 어둠"만 남았다.

　개기일식을 의탁한 첫 번째 작품에서 그녀는 "내 몸의 기억들을 저미서 달을" 만든다. 내가 그의 기억을 완성하자 기억은 실제의 그를 가둔다. "그럴 때 그는 내 지문에 새겨진 몸을 아주 잃어버릴 테지만"(「나는 달을 만들었다—개기일식 1」). 기억을 완성한 순간, 내 살갗이 기억하던 그는 기억의 저편—실재 세계로 사라진다. 유리디체는 오르페우스를 실제 세상으로 떠나보내고 혼자 어둠 속으로 빨려 들어갔다. 그녀가 그를 잊지 않는 방법은 끊임없이 그를 기억하는 것이다. 그러나 기억은 약이자 독이다. 그의 형태를 불러내는 유일한 방법이 기억이지만, 기억은 한편으로 감각을 지우고 형태를 지운다. 기억으로 살아가는 방법은 실체를 끊임없이 탈각하는 방법이다. "그들은 자신이 보고 싶은 것만 보아요 자신이 죽은 줄도 모르죠"(「식스 센스」). "그리운 것들의 곁을 떠나지 못한 영혼"은 영화 속 유령들이기도 하고, 똑같이 몸을 얻지 못한 유리디체이기도 하고, 그에 의탁해 "세간의 거리를 보고 싶은 것만 보며 걷고" 있는 시인 자신이기도 하다.

　개기월식을 그린 두 편의 연작에서도 사정은 다르지 않다. "서서히 지워지는 몸의 부분들을 바라보고 있다"로 시작되는 「암전—개기월식 2」에서도 기억과 이미지와 꿈과 컴퓨터가 나온다. 시인은 이번에는 자신을 달에 빗댄다. "세상과의 통로이던 입술과 눈빛과 냄새가 지워지는 일, 결국에 땅 위에서 지워지는 일." 자신이 지워지면서 모든 감각들은 분산하거나 증발했다. "거꾸로 선 그의" 그림자를 따라 나는, 아니 내 이미지들은 잘려나간다. "나는 서서히 눈빛의 끝부터 잘려나가는 내 몸의 이미지들을 움켜쥐지 못한다." 왜 내가 아니고 내 몸의 이미지들인가? 그것들이 모여 세상과의 통로, 의사소통의 통로, 감각의 통로를 만들었기 때문이다. 나는 그에게 그것들로 이야기했고 기억되었다. 이제 그는 조금씩 나를 잊어버렸고, 그래서 조금씩 내 이미지들을 잃어버렸다. 내가 "내 몸의 이미지들을 움켜쥐지 못한다"는 것은 더 이상 "내가 기억되지 않는다"는 뜻이다. 시는 "암묵,"이라는 말로 끝난다. 암묵(暗默)은 아무 말도 않는 것이지만, 글자의 뜻을 따른다면 어둡고(시선을 잃고) 조용해진(입을 잃은), 다시 말해 조각난 채 사라지는 몸의 감각기관들을 상징할 것이다.

　언어 자체에 대한 시인의 집착도 이 감각의 망실과 관련되어 있다.


　나는 자꾸 반복한다 우체부가 다녀갔네 우체부가 다녀

갔네 언어를 배달하려고 우체부가 다녀갔네 빌붙듯 언어
에 빌붙듯 자꾸 되씹으며 반복한다

　그해 여름, 그와의 마지막 긴 여행이었다 내가 물고기
로 변해도 절름발이 새가 되어도 어둠에 별로 가서 박혀
도 중력처럼 끌어당겨 주리라 했었다 물빛은 생각들을 반
사해 되돌려보내고 깨진 크리스탈 잔의 잔상 물 속에 떠
다녔다 하나씩 언어들을 반사해 물 밖의 나뭇잎들을 타겟
삼아 방아쇠를 당겼다 초록 나뭇잎 등뒤에 말의 총알들이
유리빛으로 박혔다 빈혈처럼 어른거렸다 그해, 마지막 여
름이 다녀가고 있었다

　나는 자꾸 빌붙듯 반복한다 우체부가 다녀갔네 우체부
가 다녀갔네 우체부가 무슨 뜻이지? 우체부…? 깨진 크리
스탈 언어들 보이지 않는다

—「알츠하이머」 전문

"그해 여름"이란 지칭 역시 특정한 기억에 들러붙은
언어 가운데 하나였다. 내가 무엇이 되건 무엇을 하건 그
는 나를 "중력처럼 끌어당겨 주리라" 믿었다. 그러나 언
어는, 언어를 따르는 생각은 온전치 못했다. 내가 물 속
에 있을 때 "물빛"은 생각과 언어들을 난반사(亂反射)했
고("깨진 크리스탈 잔"은 물빛의 일렁임을 다르게 언어
화한 것이다), 새가 되었을 때에는 생각과 언어들이 총알
처럼 내가 앉은 나뭇가지를 덮쳤으며, 별빛이 되었을 때
에도 그것들은 "빈혈처럼" 어른거렸을 뿐이다. 그것들은
깨진 유리잔처럼 산산조각 났다. 그럼에도 불구하고 나

는 반복해서 말해야 한다. "우체부가 다녀갔네." 우체부
는 언어를 배달하는 사람이니, 곧 시인의 다른 직업이다.
나는 그해 여름의 모든 기억을 되살려야 한다. 그러나 그
걸 배달하는 그 모든 생각과 언어들은 깨져 있었다. 언어
는 내 노력을 배반하고 말 것이다. "알츠하이머"가 제목
으로 선택된 것은 이 때문이다. 나는 결국 그와 소통될
수 없을 것이다. "통화권 이탈 지역은 이제 방전 상태이
지요 방전된 내면은 액정화면에 불이 꺼지듯 책 속의 문
자들을 지워버립니다 …지워진 문장의 행간으로 어둠이
모래알처럼 흩어지고 있습니다."(「숲은 통화권 밖에」)
　　반복은 일종의 강박이다. 나는 반복할 수밖에 없다. 나
는 그해 여름의 기억을 거듭해서 반추할 수밖에 없다. 그
것이 시인의 운명이기 때문이다. 유수연 시인에게, 인유
(引喩)는 이렇게 들러붙는 언어 가운데 하나다. 이 시집에
서 활용된 수많은 인유는 부랑(浮浪)하는 언어들을 붙들
어 매려는 집요한 시도에서 생겨난 것이다.


　　치자꽃 두 송이를 그대에게 주었네 폭우에도 피어오르
는 하얀 심장이지요 음악 속 깊숙한 심장이 움직이네 노
래를 입은 몸짓이 新房의 치자향기처럼 음과 음 사이를
촘촘히 메꾸어 버려요 신방에 치자꽃잎들, 여섯 개의 꽃
잎을 뜯어 후우 불면 하얀 입술처럼 달싹달싹 방안을 날
아다니는데요 춤을 추는 몸이 음악을 입고 말을 해요 탱
고 혹은 살사, 리듬을 타고 치명적인 유혹이 흔들리는데
요 두 몸은 입술처럼 열렸다 닫히곤 하는데요 타악기 속

에서 심장이 날뛰는데요

　치자꽃 두 송이를 그대에게 주었네 심장이 되려고, 치
자꽃 향기로 가득 메워진 음표 위에 얽히고설킨 고통이
되려고, 시간이 신방의 어둔 모서리 틈으로 빠져나가지
못하게, 숨쉴 구멍조차 없이 밀착된 몸/음악을 언어라는
유리항아리에 담아요 치자꽃 두 송이를 그대에게 주었네
유리항아리 속 치자꽃빛 심장이 언어라는 타악기를 두드
리는데요 몸/언어의 춤이 유리 파편처럼 튀는데요 한여름
폭우 속인데요
　　　　　　　─「치자꽃 심장을 그대에게 주었네」 전문


　통상의 인유는 원본과의 거리를 통해 의미화 된다. 그
것은 원본의 광범위한 맥락을 인용본의 특수한 맥락에
옮겨 심는 일이며, 그로써 이중적인 맥락이 가능해진다.
유수연의 인유는 처음부터 원본에 가능한 한 근접해 있
으려는 성향을 가졌다는 점에서, 인용에 가깝다. 이는 처
음부터 시인의 심정에 근사(近似)한 발언에 의해서만 정
념이 촉발되었기 때문이다. 앞 시의 첫 구절에서 인용한
이브라힘 페레르의 가사 역시 특별한 변형이나 의미 변
화를 찾아보기 어렵다. 그러나 시적 정념은 한 구절에서
촉발되었으되, 노래가 제시하는 정념보다 훨씬 먼 곳까
지 나아간다. 노래에서는 치자꽃 두 송이가 당신에게 허
락한 내 입맞춤이며, 나중에 그 꽃이 시든다면 당신이 나
를 버리고 다른 사람을 사랑했기 때문일 것이라 이야기

한다. 그런데 시인은 두 번째 구절("폭우에도 피어오르는 하얀 심장이지요")에서, 치자꽃이 혹은 그 꽃으로 표현된 입맞춤이 내 깊숙한 마음의 떨림을 대신한 것이라고 말한다. 여기에는 이브라힘 페레르의 노래가 야기하는 열정과 흥겨움, 춤이 다 녹아들어 있다. 2연에서는 그 사랑의 몸이 음악이며 언어임이 이야기된다. "밀착된 몸/음악을 언어라는 유리항아리에 담아요." 유리항아리는 동요에 나오는 그 항아리이며, 그로써 언어가 위태롭고 깨지기 쉬운 것임이 암시된다. 과연 밀착했던 몸이 서로 떨어졌고 음악이 "한여름 폭우"로 바뀌었으니, 항아리는 깨지고 말았다. "몸/언어의 춤이 유리파편처럼 튀는데요." 그러나 그 깨지기 쉬운 항아리 외에 우리의 사랑을 담을 수 있는 곳은 어느 곳에도 없다.

빗금(/)으로 제시된 두 말을 합하면, 우리는 "언어"의 다른 몸이 "음악"임을 알게 된다. 언어 중의 언어가 음악이다. 음악이 몸에 더 가까운 언어이기 때문이다. 이 시집의 곳곳에 숨어 있는 수많은 음표들은 시의 언어를 몸의 언어로 번역하려는 시인의 눈물겨운 노력을 보여준다. "오늘밤엔 기필코 반음을 올려야 할 텐데요, 그를 불러야 할 텐데요."(「박제가 된 새들의 노래」) "그의 향기는 일흔 여덟 번의 파열음으로 일초에 전 생애를 훑고 지나갑니다."(「편지 1─붉은가슴벌새」) 음악만이 그를 불러 세울 수 있을 것이다. 그 중에 가장 격렬한 음악을 옮겨 적는다.

당신과의 정사는 초록숲이 우거진 흐린 그늘이었던가
요 일초에 열두 개의 감성을 신경세포의 활로 낱낱이 건
드리면서 지나가시는군요 E선의 유두에 당신 입술을 닮
은 활이 스치기만 해도 나는 가늘고 긴 고음의 물결로 흩
어집니다
　　그늘의 굴곡이 다른 음들 몇, 사랑처럼 지나갔지요 몸
또는 영혼의 쾌락은 악마적인가 의심합니다 그래요 당신
의 활이 순식간에 열두 곳 성감대를 건드려요 절정을 향
해 치받는 감성의 음들을 받아먹은 잉어, 그 부레처럼 부
풀고 있어요 두려워요 영혼을 악마에게 판 당신, 내 몸 또
는 영혼의 부레가 당신의 입김으로 부풀어요
　　터질 듯, 얇아질 대로 얇아진 투명풍선처럼 부풀어올라
요 발은 이미 디딜 곳이 없어요 한순간 둥실 떠올랐으
나……

—「파가니니의 연못」 전문

　　본래 성적인 엑스터시는 모든 엑스터시의 은유적 표현
이다. 성적인 에너지가 음악의 에너지로, 다시 정신의 에
너지로 고양되는 사이클이 여기에 있다. 초록 그늘이
"연못"을 만들고 그곳에 내가 잠겼다. 음악과 초록의 그
늘이 영혼에 할당된 몫이라면 성교와 연못은 몸에 할당
된 것이리라. 물론 이 둘은 하나가 다른 하나의 유비(類
比)여서, 근본적으로는 똑같은 것이다. 시에 두 번 출현
한 "몸 또는 영혼의"라는 동격어구가 그것을 증명한다.
나는 이 시의 간절함이 몸을 잃은 유리디체의 간절함이

라 생각한다. 저 앞에, 분명한 빛 아래, 오르페우스의 뚜렷한 몸이 있다. 유리디체는 이쪽에, 저기와는 너무 멀리 떨어진 이쪽에, "흐린 그늘" 아래 있다. 형체를 갖고자 하는 간절함이 결합에의 욕망을 불러온 셈이다. 몸을 잃고 영혼밖에 가지지 못한 유리디체의 슬픔은 몸을 가졌으되 영혼을 이쪽에 둔 오르페우스의 슬픔보다 더 크고 절실한 것이다. "지워진 몸은 문 밖으로 흘러 다른 색의 음이 되고 다른 몸을 만듭니다."(「편지 3—안과 밖, 그 틈새」) 그러나 그녀의 간절한 부름은 이 시의 결구처럼 끝을 맺지 못하고 사라져간다. 남은 것은 여운인데 할 말이 여운에 담겨 있었으므로 그녀의 말(언어)보다, 그녀의 몸짓보다 그 여운이 더 크다. 이 여운이 음악을 만든다. 저승과 이승, 빛과 어둠, 영혼과 육체 사이의 큰 간격이, 그 간격을 지우려는 호소가 저 마지막 말줄임표에 있다. 사라지면서 더욱 간절히 울리는 음악이 거기에 있다.